청어詩人選 391

봄에 태어난 여자

다선 홍춘녀

제2시집

도서출판 청어

봄에 태어난 여자

다선 홍춘녀

제2시집

시인의 말

꽃이 만발한 계절에 태어나
육 공주 품에 안고 이름 석 자 잊은 채로
환갑이 되어서야 시를 만나 묵정밭을
가꾸기 시작했습니다.
이제 두 번째 시꽃이 피어나는 기쁨을 맞습니다.
낭송으로 시극으로 7년 여
외롭고 아파하는 곳 찾아 봉사길도 행복했습니다.
정성껏 살아온 이야기 시심으로 펴냅니다.

2023년 봄, 다선 홍춘녀

차례

5 시인의 말

1선 봄꽃 그려 넣기

14 봄에 태어난 여자
15 추억이 흐르는 강
16 눈물꽃
18 곱게 그려진 수채화 한 점
19 인생길
20 공원에 날아든 철새들
21 코스모스 손길
22 주춧돌
23 고추
24 산수유에 핀 사랑
26 7월의 연가
27 겹경사
28 탄생의 기쁨
29 겨울 바다
30 불면
32 낯선 얼굴
33 고목
34 겨울 풍경

2선 어디선가 날아든 꽃향기

38 눈 위에 새긴 이름
39 정
40 예식장 풍경
41 텃밭
42 누님이란 말
43 사랑
44 세상에서 가장 귀한 말
45 명상
46 인연
47 맨드라미
48 고독을 찾아서
49 정월대보름
50 당신을 사랑합니다
51 칠월이 오면
52 검진받던 날
53 그곳에 가면
54 너를 처음 만나던 날
55 참 따뜻한 사람들

3선 낙엽에서 듣는 희망의 소리

58 봄
59 폭염
60 생애
61 후회
62 소협풍란
63 다선의 힘
64 행복꽃 활짝 핀 날에
66 장미는 사랑을 싣고
67 시는 나비가 되어
68 대추 한 알
69 애완견 시대
70 나라님 밥상을 받고
71 기적소리
72 고사모
73 협재해수욕장
74 봄날 카페에서
75 "코너 피크" 카페에서
76 메타버스

4선 눈시울 촉촉 젖어들다

78 장미꽃에 피어난 사랑
79 침묵을 깨고
80 그녀의 숨결
82 추석
83 휴식처
84 국밥을 앞에 놓고
85 향모정에 올라
86 화가를 만나다
87 오그라든 치마폭
88 아름다운 그곳에 가면
89 목화꽃 엄마 냄새를 맡다
90 마음 밭에 감사를 심다
91 연꽃 피는
92 상당집
93 도수치료
94 첫사랑
95 사막
96 감국

5선 조팝꽃

98 맥문동
99 조팝꽃 1
100 조팝꽃 2
101 이별 준비
102 삶에 지친 취객
103 신성리 갈대밭
104 얼음 폭포
105 황혼의 놀이터
106 혼자이고 싶을 때가 있다
107 포대기
108 별이 지다
110 40년 지기 친구
112 손자와 단풍잎
113 엄마와 딸 1
114 엄마와 딸 2
115 자연 수족관
116 우주는 내 손안에

118 발문(跋文)
사랑으로 내일을 연다_증재록(한국문인협회 홍보위원)

1선

봄꽃
그려 넣기

봄에 태어난 여자

귀빠진 날이라고 품 떠났던 새끼들
든든한 호위병 하나씩 물고 온다
재잘재잘 귀여운 새끼들
품에 끼고 모여든 날
세상도 꽃잔치로 들썩인다

진수성찬 앞엔 촛불 둘러싼 가족들
축가송이 울려 퍼지고
손주들 눈 속엔 반짝반짝 별이 빛나고
폭죽에 우주가 놀란다

오늘만 같아라

입과 귀가 호강하고
쪼그라진 주머니가 활짝 펴지고
어화둥둥 밝은 달이
어깨춤을 춘다

추억이 흐르는 강

큰 길가 가로수들
봄옷 한 번 걸치기도 전
연둣빛 조끼의 우직한 남자 미용사들이
크레인 꼭대기까지 올라가
사정없이 자르기 시작한다

찰랑찰랑 기르고 싶었던 머리가
싹둑 잘려 나가는 아픔이 수북 쌓여
소음 속에서 몸부림친다

고향집 옥자가 그랬었지
바람기 많은 딸 걱정에
아버지는 옥자 머리 싹둑싹둑 잘라버려
그걸 보고 눈물 철철 흘리던 순이도
나이테 굵게 패인 고목 되어
석양을 쫓고 있겠지

망초꽃 하늘거리던 뚝방길을
호호 하하 함께 걷던 추억이 다시 살아나
돌아왔으면 좋겠다
버스는 정거장에서 정거장을 후딱 지나
되돌아오는 발길이 허전하다

눈물꽃

화병에 조팝꽃 한줄기가
그리움으로 피어 눈물에 젖는다
벌써 피고 지고 몇 번을 다녀갔는지
그대는 왜 소식이 없는가

바다가 철썩이고
갈매기 울어 울어
동백꽃 울타리 새빨갛게 물들이고
그대가 좋아하던 조팝꽃은
얼마나 흐드러지게 피어
주인을 기다릴까
지금은 어느 누가 살고 있는지

약속한 사람아
아름다운 정원 꾸며
세 식구 오손도손 살겠다는 그 약속
허공에 맴돈 지 오래
하늘로 간 아빠가
별똥별로 찾아올 거라고 믿던
그 씨앗은 의젓한 중학생 되어
엄마와 아들이 조팝꽃으로 피어있는데

그대가 떠나던 날도
조팝꽃은 온천지를 뒤덮었지
눈물꽃이 된 저 조팝꽃

곱게 그려진 수채화 한 점

딸 손에 이끌려
백화점 안으로 들어선다
온통 봄을 다 모아놓고 팔고 있다
봄꽃이 활짝 피어 눈부시다
어쩐지 내 모습이 초라하게 보여 주눅이 든다

"엄마 이거 이쁘지, 엄마에게 잘 어울리겠다"
점원과 딸이 합작해서 다 져가는 꽃대에
수채화로 봄꽃을 그려 넣기에 분주하다

드디어 긴 시간에 작품 하나 완성했다
머리에서 발 끝까지 곱게 그려낸 한 폭의 수채화
거금으로 산 수채화 한 점이 부담스럽다

인생길

눈에 넣어도 안 아플 자식들
품 떠나 새 둥지 틀고
새 생명 잉태해 안겨준 웃음꽃도
세월의 바퀴에 물려
순식간에 썰물 되어
각자의 길로 흘러간다

만나고 헤어지고
인생은 돌아가는 쳇바퀴

그만큼
내가 가야 할 곳도 정해져
가까이 다가오는데
저녁노을은 붉게 온몸을 달군다

공원에 날아든 철새들

올봄 곱게 단장해
잔디가 파란 안뜸공원
한여름 매미들의 통곡 가득하더니
어느 순간 철새처럼 날아든 할머니들

휠체어와 유모차 대기시켜놓고
정자나무 쉼터에 옹기종기
단풍으로 물들어 석양을 잡고 있다

긴 그림자 어둠에 덮이면서
어디론가 사라진 할머니들
기약 없는 세월 앞에
또 날아들겠지

코스모스 손길

-꽃천지 가덕 코스모스길

쳐다만 봐도
마음속 찌꺼기가 씻긴다
하얀 칼라의 여학생이
코스모스 언덕에서 웃고 있다
깔깔대던 꽃송이들
들녘 바람 앞에서 흔들리겠지
곱게 번지는 노을을
가슴에 품고 있겠지

코스모스 허리처럼 산들대던 순이는
이제 더 예뻐졌으려나
밭둑에서 투박한 손길로
허수아비 앞세워 참새떼 쫓으려나

코스모스꽃 활짝 피고
허수아비 웃음 활짝 피고
저녁노을 붉게 핀다

주춧돌

가지 많은 나무엔
메뚜기가 튀고
벌 나비가 날고
매미가 붙어서 운다

나무는 중심을 꽉 잡아야 한다

비바람 몰아칠까
눈보라 휘몰아칠까
대비를 하고
긴장을 풀어서는 안 된다

가지끼리 부딪쳐서
울근불근
등 돌아설 때도
어리다고 약하다고
편들어선 안 된다
입을 꾹 닫고
시간이 해결하길 기다려야 한다
지난 시절이
눈앞에서 어른거린다

고추

화분에 애지중지 키운
고추를 볼 때마다
엄마 생각이 나
눈시울 적신다

고랑 고랑마다
붉게 물든 매운 땀방울
온몸에 뒤집어쓰고
오직 자식 위한 삶
엄마의 터전이었지

오늘같이 비가 내리는 날
목젖까지 차오르는 그리움에
뒤뜰 밭으로 나가
엄마 냄새를 찾는다

산수유에 핀 사랑

흰 이슬이 곱게 내려앉은 날
흰 이슬을 듬성듬성 머리에 인
노시인의 시창작 강의가
한적한 카페의 정원을 달군다

얼마나 뜨거웠던지
멀리 가려던 나비 한 쌍
주위를 맴돌며 열강에 귀 기울인다

강의가 끝나고
노시인의 낡은 가방에서 나온
사랑 한 보따리
산수유 열매가 곱게 다듬은 치마폭에 싸여
손에 들어온 것이다
건강과 행운을 담뿍 준다는 산수유

이것을 마련하기 위해
어느 산언덕을 헤매며
찾아 나섰을까
밤새워 곱게 품은 사랑하는 마음에
가슴이 먹먹해진다

오늘따라
노시인의 얼굴엔
사랑의 나이테가 깊게 파여
세월의 무상을
갈바람이 스치고 지나간다

7월의 연가

육거리 시장 앞
짧은 신호등만큼이나
반으로 접혀 짧아진 허리가
허우적허우적 기어간다

빛바랜 머리카락 사이로
땀방울 송골송골 흘러내린다

밭고랑 논고랑 허우적거리다가
낫과 호미를 닮아버린 저 허리
접힌 만큼 자식의 허리는
빳빳이 섰을까

할머니를 닮아가는 7월이 뜨겁다

겹경사

하늘에서 생명수 촉촉 내려주어
잠자던 생명체들 기지개 켜고
용트림입니다

우리 집안에도 겹경사로
환희의 도가니입니다
막내딸이 4년 만에 아가가 탄생합니다
6 공주를 품에 안고 아들 낳기 위해
설움 받던 시절
이제 딸이 더 좋다며 뒤바뀐 세상

베란다엔 난초 두 촉이 쌍둥이를 갖고
해산날만 기다립니다
혹독한 추위 견디느라
사랑이 깊었나 봅니다

새 생명 맞으러 마음이 분주합니다
마음이 들떠 훨훨 날고 있습니다

탄생의 기쁨

봄 햇살 눈 부신 날
분만실 앞엔
쫑긋 소라 귀가 되어
긴장의 파도가 흐른다

4년 만에 태어나는 손자
대면할 시간이 가까워져 올수록
콩닥콩닥 가슴 뛴다
이 순간도 놓칠세라
카메라에 담는 사위
세상을 다 가진 것 같은
얼굴에 불도화꽃 함빡 피었다

드디어 전광판에
새빨간 고추가 켜지면서
아가의 우렁찬 울음소리
환호의 박수 소리가
온 대지를 흔든다

겨울 바다

파아란 하늘이 살포시
내려와 앉은 바다
겨울 바다는 마음 아픈 사람들을
더 기다리는지 모른다

고독을 만나
갈매기 따라 훨훨 날고 싶은 사람들
넓은 가슴에 안기어
푸르게 푸르게 살라는
파도 소리에 위안을 받는다

그리움에 젖은 바람이
지친 삶의 얼룩 정갈히 씻어
희망꽃 하나씩 안고
돌아오는 길
노오란 장다리꽃 미소가 환하고
초록 물결치는 마늘밭엔
햇살이 혼곤히 내려와 앉는다

불면

그를 간절히 기다리는 밤
적막은 온몸을 휘감고 바람을 일으킨다

삶에 지쳐 몸을 가누지 못할 때
혼곤한 품 안으로 다독여 주고
힘과 용기로 날 세워주던 그
그런 그가
왜 등을 돌리고
돌아올 기미조차 보이지 않는지
생각은 꼬리 물고 날개를 단다

무리해서 일을 많이 한 건 아닌지
가지 많은 나무 바람에 꺾일까
걱정 때문인지
뼈 마디마디 칭얼대는 보챔 때문일까

하얀 밤은 그리움을 불러들이고
내 곁을 스쳐 간 많은 인연
오래도록 같이 있고 싶었던 보고픈 얼굴들
모두 떠나가고 다시 인연은 맺어지고
떠나고 인연 맺고
마음대로 조정하며 그리움을 희석한다
세월이 세찬 해져 붉은 노을 곱게 번지면
나는 종착역을 향해 숨 가삐
달려가겠지

낯선 얼굴

거울 속에 기이한 일이 생겼습니다
나이테가 굵게 패인 고목에
청춘의 여드름 꽃이 활짝 피어
소녀의 마음으로 신경이 쓰입니다

면사포 쓰던 날
피부가 곱다고 칭찬해주던
미용사의 음성이 희미하게 멀어져 가는데
얼마나 더 망가뜨리고 가려는지
흉한 몰골이 숨고 싶습니다

밖에 나가면
저마다 한 마디씩 처방전을 줍니다
잘 낫게 한다는 피부과에 맡겨
이쁘게 보이고 싶은 욕망은
아직도 살아 숨 쉬고 있습니다

고목

모두 떠나버렸다
교정 안 풍금 소리도
하얀 칼라 속 문학소녀의 꿈도
현모양처의 꿈도

가정의 울타리에 갇힌 세월
아내로 며느리로
엄마로 할머니로
가버린 세월이 아득하다

남은 건 빈 쭉정이
바삭바삭 건들기만 해도 부서질 듯
언제 주저앉을지도 모른다

비 온 뒤에 찾아가
무성한 나무에 새가 지저귀고
활짝 핀 꽃송이에 벌 나비 날아든
그림 한 장을 밤새 그려서 걸어두면
다시 살아날까

겨울 풍경

안뜸공원 관리 사무실 앞
처마 밑엔
해바라기꽃이 나란히 피었다

해가 구름 속에 숨기라도 하면
보이지 않다가
해가 바람 잠재우고 추위 녹여주면
다시 모여든다

대화가 목마른 해바라기들
참새떼처럼 재잘댄다
비둘기 몇 마리 가까이 다가와
엿듣기도 한다

명절을 며칠 앞두고
소싯적 얘기로 꽃피우지만
코로나가 자식들 발길도 끊어 놓은
현실을 원망하며
이런 세상은 처음 겪는다고
혀를 내두른다

한나절이 기울면
해바라기들은 어린애가 되어
유모차 바퀴에 의지해
총총히 사라진다

2선

어디선가
날아든 꽃향기

눈 위에 새긴 이름

한기를 끌어안는 초저녁
소복 쌓인 눈 위에
이름 석 자 써주는
사람이 있다는 것은
메마른 가슴에
단비를 촉촉 적셔주는 것

따뜻한 온기가 온몸으로 번져
긴긴 겨울밤을 데피고 있다

정

정이란
곱든 밉든 가슴속 깊이
새겨있다는 것

정이란
숱한 세월 먹고도
동짓달 긴긴밤
헛헛한 배를 채우려
무 구덩이 찾는 일

정이란
차곡차곡 쌓인 추억 보따리
하나하나 꺼내
단내나도록 씹는 것

그러다 그러다
머릿속 하얘지면
날아가는 것

예식장 풍경

코로나 고삐가 풀려서인지
예식장 안은 도떼기시장 같다

코흘리개 조카가 며느리를 본단다
얼마나 긴 터널을 지나왔던가
오랜만에 보는 얼굴들
낯선 얼굴 투성이다
낯익은 얼굴은 삶의 흔적이 가득하다

예식도 신세대
지루한 주례사는 흔적 없고
신랑 신부의 다짐에서
신랑이
청소 설거지 집안일도 도와준다는 선서
여기저기 웃음꽃 만발이다

예쁘게 잘 살기를 바라며
딸과 커피 향에 취하려 들어선다
젊은이들과 어우러져 하루가 꽃이다

텃밭

장기판에 장졸을 세워놓고
사열준비다

상추 아욱 쑥갓 시금치
고추 오이 파 열무 가지 토마토
담 너머 살펴보는 울타리콩
옥수수도 궁금한지 기웃거린다

한 뼘은 일찍 찾아온 장마철 후덥지근하다
텃밭에 제2의 모작
목마를까
아픈 데는 없는지
사랑으로 자란 자식들 튼실하다

아욱과 상추는 봉사 길에 나섰고
무도 나설 채비
오이 가지 아삭이 고추 토마토도
건강 책임진다고 큰 소리다
친구가 된 텃밭
감자꽃이 활짝 웃는다

누님이란 말

사람들과 어울림은
삶의 원동력이고 건강의 지름길이다

봉사단체 회장님은 꼭 누님이라 부른다
누님 제 차로 모실게요

큰누이가 저와 동갑이란 교수님
누님 젊어지라고 '잃어버린 공간' 카페
젊음의 거리로 안내한단다

누님이란 글자 속엔
아픔도 숨어있다
돌연사로 영원히 곁을 떠난
하나뿐인 동생

누님이란 글자 속엔
소박한 정이 모락모락 피어나고
포용력과 덕망도 조심스럽다

사랑

사랑의 끝은
어디일까

주는 사랑은
메말라 금이 가는데
받는 사랑은
어디쯤에서 만족할까

오늘도
힘겨운 샘물 퍼 올린다

세상에서 가장 귀한 말

달콤한 커피 향이 몸 달굴 때
'자식은 꼭 있어야 해'
'둘이 재미있게 살면 되지 자식이 꼭 필요해?'
엄마의 간절함은 허공을 맴돌고
그러던 딸한테서
'엄마 나 임신이래'
4년 만에 듣는
세상에서 가장 귀한 말에
눈언저리 촉촉해진다

딸과 사위
벌써 계획을 세우고 붕붕 떠 있다

입덧 심한 딸에게
정성은 명약 되어
덩큼덩큼 잘 받아먹어 안심이다
내년 봄엔 꽃소식 환할 테다

명상

마음의 바다에
고요가 내려앉는 날
가을이 곱게 하늘을 물들이고
소나무도 초록물에 마음 씻어
생각에 잠긴다

얼마나 많은 풍파에
시달리며 살아왔던가

이제 노을 앞에서
모든 것 내려놓고
쉼의 시간을 갖고 싶다
마지막 내 몸에게 효도하고 싶다
조용히 눈 감으니
평화가 온몸을 사로잡는다

인연

인연이란
소리 없이 찾아와
삶의 한 자락에
해바라기로 피었다가
바람처럼 사라지는 것

인연이란
바람처럼 떠돌다가
소리소문 없이 찾아와
삶의 한 자락을
봄꽃으로 피워주는 것

갈바람이 실어다 준 인연
다시 만나
박꽃으로 수줍게 피어나네

맨드라미

담벼락 밑 귀퉁이
손바닥만 한 꽃밭엔
봉숭아 채송화 분꽃 맨드라미
그리움으로 가득 피었습니다

닭벼슬처럼 새빨간 꽃이
가슴 붉게 물들여 콩닥입니다
가을이 열 번은 왔다 간 긴 세월
첫 시집이 인천의 어느 화가의 손에 쥐어져
붉게 물든 맨드라미 그림 한 점과
감동의 글을 잊을 수가 없습니다

'삶의 찬미'
햇빛에 바래도 역사요
달빛에 젖어도 신화가 될 수 있는
예술적인 아름다운 날들 되소서

가슴속에
둘째 아이 낳고 싶은 욕망이 꿈틀거립니다
지금쯤 그 주소
그 전화번호는
변함없이 살아있을까

고독을 찾아서

달도 별도 보이지 않고
어둠과 걷다 보니
환하게 유혹하는 커피숍
계단 밑 구석진 곳에
냉커피와 마주 앉았다
숨통 조이던 더위도
맥을 못 추고 주저앉는다
얼마만의 여유인가
이처럼 고독이 모여 있는 줄
왜 몰랐을까

요즘 토라진 그와 화해하기 좋은 기회다
눈꽃 피어나는 카페에서
눈꽃 한 사발 퍼먹으며
나만이라도 마음 터 얘기하다 보면
그가 입 열어주지 않더라도
마음은 사르르 녹겠지

달맞이꽃 활짝 웃고 있다

정월대보름

겨우내 식빵 안에서 자란
따끈따끈한 푸성귀들
육거리시장에 봄나들이 나왔다
어린이집 아기들처럼 두리번두리번
신기한 것이 많다

길가 줄지어 앉아
봄을 가득 품은 푸성귀들
눈이 빠지도록
오가는 눈길 잡으려 안간힘이다

푸성귀 머리에 이고 오릿길
자식 위한 삶이었던 어머니
보고픔에 온몸이 저려온다
어머니 그립습니다

당신을 사랑합니다

코스트코 장 보러
안개 자욱한 길을 뚫고 달린다

40대가 훌쩍 넘은 딸들
엄마를 위해 고목에 꽃을 피워준다
와아~
인간이 필요한 물품 다 모였네
세계 각국에서 다 모여
눈길 끌기 경쟁이 심하다

화초가 옹기종기 모여있는 곳
'깅기아남'이란 특이한 이름을 갖고
당신을 사랑한다는 꽃말의
유혹에 집으로 데리고 왔다
향기가 온 집안을 진동한다
봄을 몰고 오길 잘한 날이다

칠월이 오면

돌아가신 부모님
천도해드리는 백중 49재
초록 바람 앞세우고
속리산 품으로 찾아든다

이승에서 못다 한 말
하얀 개망초로 여울져
그리움 토해내고

등불로 밝혀주는 밤꽃은
산비탈마다 무더기로 사무친다

스님의 염불 소리에 차 한 잔 올리고
짝 못 찾은 막내
열매 맺게 또 한 잔 올리고
기둥 무너진 자식 이름 앞엔
눈물진 합장이 바르르 떠는데

꽃으로
향으로
미소진 부모님은 품이 너르다

검진받던 날

대형병원은
기다림의 연속이다
생명을 지켜주려는
그들의 어깨가 분주하다
몸통 한쪽에 가시를 뺀다는데
불순분자가 숨어있는지
이 잡듯 온몸을 쑤신다
난생처음
남에게 구석구석 들춰 보이기는
처음이다

행복이라고 할까
불행이라고 할까

그곳에 가면

새털구름 흐르고
한창 치장하기 바쁜 산자락
별빛이 하얗게 쏟아져
주워 담으려는 사람들
마음마저 하얗다

이 낙원에
허수아비로 머물고 싶다
순하디순한 사람만
살 것 같은 이곳에
자연의 이야기로
내 흔적을 남기고 싶다

갈바람이 메밀꽃 손잡고
행복한 춤사위 어지럽다

너를 처음 만나던 날

깊고 좁은 산 계곡
뚝뚝 떨어지는 발치 물이 초록이다
포말에 뛰어오른 발소리가
지친 어깨 다독여
가슴 후련히 뚫어 주며 흩날린다

어디선가 날아든 꽃향기
산그늘에 살며시 숨어있는 산 목련
순간
목화송이 따던 엄마의 얼굴이
뽀얗게 피어오른다

언니 시집갈 때 이불 해준다고
고랑 고랑 누비며 목화 따시던 어머니
뒤 꽁지 따라다니며 달래 따 먹던 나

주렁주렁 늘어진 슬픔이
엄마의 약손 안에서 벌떼처럼 몰려나와
그리움으로 핀 산 목련에 앉는다

참 따뜻한 사람들

무릎관절 수술 후
장화에 의존해 걸음마를 배우면서
따뜻한 손길이 잡아준다
원기 회복제로 입맛을 돋게 해주고
휠체어를 미는 손길이
아랫목 되어 따끈따끈하다

길가 오색찬란한 국화들
센스 있게 손길 번쩍 들어
국화 한 아름 안기며
퇴원을 축하한다고
함박웃음 선물한다

내 곁에 따뜻한 사람들
잘못 살지는 않았구나
힘이 솟는다

3선

낙엽에서 듣는 희망의 소리

봄

"눈길 걷다 보면
꽃길 열릴 겁니다"

그분이 서둘러 보내준
포근한 봄볕에
가슴 설렙니다

겨우내
황폐해진 마음 밭에
혼불 달구는 꽃을 피워 주겠다고
속삭입니다

아파트 화단 묵묵히 지켜주던 목련
아가 볼 같이 꽃눈 통통
살 오릅니다

겨우내 잠잠했던 서민 아파트 놀이터
재잘재잘 봄 오는 소리
신이 났습니다
정갈하게 마음 가다듬고
봄 소리에 귀 기울여 보렵니다

폭염

쉽게 더운 방
쉽게 식는다는 걸
왜 몰랐을까

뜨겁게 쏟아붓던 사랑
칼같이 떠나버린 자리
찬바람만이 온몸을 휘감고

절절한 그리움으로
이 가을을 물들이겠지

생애

아파트 샛길에
눈처럼 날리는 낙엽이 수북 쌓인다
수채화로 물들여진 화선지 위를
밟기조차 조심스럽다

35년 전
큰딸이 손톱으로 피워 올려
명문 미대에 들어갔을 때처럼
너희 모습이 자랑스럽다

손끝 패도록 그려댔던
그 인내처럼
아픔과 고통 잘 참아내고
곱게 마무리하는 낙엽에서
희망의 소리 듣는다

나도 그렇게 물들다가
자식들에게
희망 하나 심어주고 싶다

후회

내 분신처럼 아끼는 아기들 앞에서
죄인 되어 속죄합니다

혹독했던 추위 다 품을 수 없어
베란다에 두고 신문지 이불만 덮어준 것이
비닐 이불이라도 더 덮어줄 걸
후회가 가슴을 칩니다

금전수 벵갈고무나무 덩칫값도 못 할 줄이야
축 처져 뽑히고 떨어진 분신들
까만 관속에 넣어 묻지도 못하고 버렸습니다

마음 추스르러 육거리시장 꽃집에서
추위에 강한 난을 입양해 왔습니다
남은 아기들에게 영양주사 놓아주고 다독여
꼬옥 껴안고 다짐합니다
잘 지켜주겠다고

소협풍란

주는 대로 받아먹은 세월에
풍선 된 가슴 터질 것 같은데
다소곳이 하얀 곡선
뽀얗게 웃는 모습

방금 내린 소낙비에
가슴 토해내듯
너의 향기를 마시며
위로받는다

눈처럼 하얀 세상에서
살다 온 네가
검은 세상에 물들까
염려스럽구나

다선의 힘

낭만과 꿈이 살아 춤추는 곳
둘레 안에 몸을 담고
기를 받는다는 건
나를 일으켜 세우는 일이다

종강을 알리고 파티를 열자며
잃어버린 공간을 찾아서
간판부터 낭만이 눈처럼 쌓인다
아기자기한 소품들이
다섯 배기 손자처럼 귀엽고 앙증맞다
잔잔히 흐르는 음악에
문학소녀로 돌아간다

맛이 살아나고
차향 속에 함께라는 단어가 꽃 핀다
우린 겨울잠에 들어서며
다음을 기약한다

행복꽃 활짝 핀 날에

뜨거운 햇살은
열정의 꽃 장미꽃을 피우고
다정한 연분은
순결의 꽃 희와 희의 웃음꽃 피우고
희희낙락 꽃과 꽃이 함빡 품을 연다

올안 백목련 곁에 은은한 자목련
한 둥우리로 아울리는 보금자리
언제나 다사로운 사랑을 본 날
멋진 사위 희야!
정겹고 은은하게 연정으로 사랑하라고
햇살이 알려준다

출발이다
해와 달과 별이 모두 모여
새날 새 출발의 사랑빛을 낸다
밤과 낮 그 하루가 돌고 도는 날
언제나 새롭게 새 새 새 새가 노래한다
축복의 자리다

달아! 오늘은 예쁜 신부
딸부잣집 막내로 훌륭한 짝 만나
고맙고 고맙다
부부는 하늘이 맺어준 인연
서로 부족함 채워가며 존중과 애정으로
부모님께 효를 형제자매에 우애를
언제나 꽃길이길 바란다

꽃은 열매를 맺고
열매는 풍성한 살이라
행운과 행복의 출발이다

2018년 8월 18일 예식장에서
장모가 엄마가 행복을 빈다

장미는 사랑을 싣고

아침에서 점심으로 건너가는
길목엔
숨 한 번 고르는 시간이
맛있다

"꿀벌이 터뜨리는 향기
오래오래 간직하세요"
메시지가 눈을 번쩍 뜨게 한다
시로 맺어진 고운 사람
박꽃처럼 소박한 그
옹달샘에 시가 퐁퐁 솟는 사람
귀빠진 날이 코앞이라고
잊을 만한 세월 앞에
붉게 타오르는 장미 화분을 보내왔다
감동의 눈물로 입술을 적신다

황혼 역을 앞에 두고
찻잔에 오손도손 얘기 들어줄 사람 있고
귀빠진 날을 기억해
빨간 장미의 사랑이 있고
그래도 참 잘 살았구나

시는 나비가 되어

시가 나비 되어
내게 날아왔다

다 시든 꽃에
무슨 향기가 있다고
날아왔을까

부풀었던 희망과 의욕도
빠져나간 풍선 되어
사슴의 목만큼이나
돌아보는 푸른 시절이 간절한데

난데없이 날아든 나비가
날개를 달아준다

훨훨 난다
내가 쓴 시가 누군가의
가슴에 날개를 달아
나비로 훨훨 나는구나

대추 한 알

가을이 곱게 내려앉은
담벼락 밑에서
봄 햇살 먹고
뙤약볕 삼키고
천둥 번개 물벼락 이겨내며
빨갛게 열매 맺어
마음 다독여 힘을 주는 대추 한 알
숭고한 모습에 머리 숙인다

겨울밤
사각사각 몰래 찾아오는
발걸음 소리 들으며
시와 마음 터놓고
달콤한 너의 향에 취하고 싶다

애완견 시대

개가 바깥에서
파수병이던 시절은 옛말
지금은 애완용으로 으뜸 서열이다
이번 명절에도
시오, 보리, 동백이 북적이며
관심을 받는다

많은 비용이 들어가도
아까워하지 않는다
병원비도 사람 곱절 들어간다

어느 순간부터
개의 충성일까
늙어가는 부모들은
정을 개에게 빼앗기는 것 같아
씁쓸한 기분이다

나라님 밥상을 받고

어흥! 나라님 행차시다
팔도강산 유명한 먹거리는
다 모였구먼

자르르 윤기 제일이라는
이천 이팝꽃도 활짝 피었구나

강원도 깊은 산속에 숨어있는
산삼도 힘이 불끈 솟고

이건 또 무엇인고
눈이 휘둥그레지는
용왕님의 바다 보물 보리굴비는
입맛을 살살 녹인다

봄바람에 실어 보낸
제주도의 흙냄새 가득한
엄마의 냄새 밭 푸성귀도 목이 멘다

막내딸과 사위가 베풀어준
진수성찬에
둥둥 떠다니는 하루였다

기적소리

우린 두 달에 한 번
기적소리 따라 철새처럼 모여든다

복사꽃 곱게 핀 길을
초록 물이 뚝뚝 떨어지는 오솔길을
발밑에서 울부짖는 낙엽 소리를 듣기도 하고
하얗게 쏟아지는 떡가루를 받아 이고 걸으며
십수 년이 흘렀다

맛난 곳 찾아 입을 즐기기도 하고
한 푼 두 푼 모인 돈은
금반지로 변해 반짝반짝 빛나기도 했다

그러다가 기적소리는 멈추었다
열 손가락 남을 정도로 모두 떠났고
씩씩하던 풍자마저
아산 병원에 목숨을 담보로 잡히고 있어
몇 푼 남은 통장에서 각기 요긴한데 쓰라고 부치고
눈물을 꾹꾹 집어넣고 돌아와
추억의 통장을 휴지로 태워버린다

고사모*

세월 속에 끈끈히 맺어진 정
산수유 목련
봄이 한참 무르익는다고
아직
겨울이 똬리 틀고 있는 가슴을
노크한다

대청호를 껴안고
수선화 곱게 반기는 소박한 찻집에
마음의 빈터를
봄볕처럼 풀어놓는다
드러내지 않는 빗장 하나
가슴에 품고 사는 게 삶이런가
애써 지난날을 반추해 보지만
찻잔에 떠오르는 향기는
쓸쓸하기만 하다

우린 밖으로 뛰쳐나와
쑥이랑 냉이 벌금자리 솔고쟁이
토끼풀 손잡고 걷기 시작했다

* 고사모: 고운 사람들 모임

협재해수욕장

와!
내 세상이다
기마전처럼 달려와
안기는 파도

와!
네 세상이다
옥색 치마저고리 입고
엄마 품으로
팔 벌리며 다가와
한없이 흐느끼다가

모래 위를 달려가는 여자

봄날 카페에서

사시사철 봄이 머문다는 그곳
바다가 봄을 꼬옥 품고 있다는 그곳을
딸과 함께 갔다

그리움이 기다리는 빈자리
딸과 마주 앉아
커피향 피워놓고 바라보는 바다
갈매기 자유롭고
통통배 여유롭고

어쩜 저리 고운 물감을 풀어놓았을까
엄마 나들이 나설 때
곱게 차려입으셨던 옥색 치마저고리 같다

딸아
절절한 그리움과 보고픔
저 바다에 풀어놓고
봄날 같은 희망만 품자
딸의 손을 꼬옥 잡는다

“코너 피크” 카페에서

거기 고풍스러운 카페
들어서자마자
마음을 사로잡는다
노란 불빛을 토하는 난로

외로운 갈대 창밖을 응시하고
주방 옆 목화송이에
고랑 고랑 누비시던 어머니 얼굴
촉촉 젖어든다

나도 언젠가 갈 길이
쾌속으로 펼쳐진다
바람은 가슴 에이는데
바닐라라테가 다가와
토닥여 준다

메타버스

시에서 마련해 준
메타버스를 탔어요
버스 안엔
고사리손부터
아빠 엄마 할아버지 할머니 모두
신났지요

종착역은
조명이 반짝반짝 눈부신 공연장
객석엔 코로나가 관객을 다 삼켜 버렸어요
카메라 돌아가는 소리만이
정적을 깨트려요
저 카메라 속에 날개가 달려
세상을 날아다닌대요

우린 곱게 단장하고
가슴에 묻어두었던 끼를 마음껏 발산하고
뉘엿뉘엿 지는 해를 타고
가족의 품으로 안겨요
코로나라는 괴물이
지구상에서 사라지는 날을 기도하며

4선

눈시울
촉촉 젖어들다

장미꽃에 피어난 사랑

허공에 일궈 놓은 내 작은 꽃밭엔
그리움이 송이송이 맺혀 눈시울 적시네

이른 봄
잊을 만도 했을 귀빠진 날을 기억해
장미 세 송이 활짝 핀 화분을 받던 날
얼마나 감격했었던지

큰 집으로 이사시켜 애지중지 키웠더니
몇 배 몇 곱 송이가 곱게 피어나
눈앞에 생생히 떠오르는 얼굴 얼굴

외로운 들꽃 찾아 들로
곱게 물든 단풍 찾아 산으로
그의 고향 산천 물줄기 찾아
추억이 새록새록 피어나는
참! 그때가 좋았었지

침묵을 깨고

오랜만에 무심천 다리 밑
쉼 의자에 앉았습니다

지긋지긋한 마스크도 벗고
잔잔히 흐르는 물바람에
마음을 다독입니다

고요를 깨트리는 차 소리
마음을 날리는 비행기 소리
남에게 피해를 주는 일은
언제든 하지 말아야겠습니다

비둘기는 햇살로 몰려 나가
옹기종기 평화롭습니다
가을이 왔다는 맨드라미꽃은
머지않아 겨울이 온다는
신호인 것 같습니다

그녀의 숨결

우암산 자락을 타고 올라가는 골목길엔
김수현 드라마 아트홀이
정겹게 웃고 있다

드라마작가로 마음을
웃기고 울리며 들었다 놓았던
그녀의 유명세에
고향 청주가
세계 곳곳을 누비고 다녔다

모처럼
그 무대에 주인공 되어
설 수 있는 기쁨을 꽃피웠다
코로나가 막아선 텅 빈 객석엔
카메라 돌아가는 소리만이
고요를 깼다

언제 다시
마음껏 끼를 발산하는
호응의 박수가 터질까

매미 소리 사라지고
코스모스 허리 굽혀 인사하는
골목길을 돌아 나선다

추석

날아가 있던 새끼들
짝 하나씩 물고 와
둥지 안이 시끌버끌
잔치가 벌어졌네

삐약삐약 고 귀여운
고사리들까지
어화둥둥 노랫가락
집안 가득 울려 퍼지네

굴곡 많았던 생애가
행복꽃으로 활짝 피어
둥지 안이 향기로 가득하네

달은 서서히 지고
새끼들 제각기 날아간 자리엔
적막만이 가득하네
천근만근 몸뚱어리
참았던 뼈마디 울음소리
적막을 깨네

휴식처

자동차에 치이고
소음에 시달리고
한적한 시골이 그리운 사람들
여기 아늑한 보금자리에서
핑크빛 사랑에 빠졌네

꽃차 향이 스며들어 추억을 마시면
그의 윙크가 가슴에서 퐁퐁 솟아나
핑크빛 사랑은 날아갈 줄 모르고
갈대의 미소는 산들대네

핑크뮬리의 품에서
우린 브이 자를 그리며
단발머리 소녀적 추억을 찾았네

국밥을 앞에 놓고

구수한 목소리에 끌려 들어간
식당 안은 초만원이다
우린 국밥과 수육 막걸리를 시켰다
빨갛게 무친 콩나물에 겉절이 가지나물
온통 엄마 얼굴이 가득하다
달콤한 막걸리에 눈시울 붉어지고
나들이 한번 못 시켜 드린 엄마

올망졸망 새끼들 뒷바라지에
엄마는 흔적도 없이 살아온 날
가슴이 미어진다

멀리 있는 엄마
이제 사랑으로 손잡을 그날
마음껏 품어드릴 그날이 다가온다

향모정에 올라

팔각정 향모정에 오르니
하늘이 손에 잡힐 듯
사방을 둘러본다
샘물이 퐁퐁 솟아오르고
노랑 하양 꽃물결이
길 따라 이어진다

내 고향 집이 생각난다
뒤곁엔 감이랑 대추가 주렁주렁
땡볕에 영글어 가고

허술한 부엌엔 생쥐가 들락날락
가마솥엔 감자가 노릇노릇
어머니 손길에 배가 두둑해졌었지

부모님 안 계신 고향
천 리 길 만 리 길 멀기만 해져
더욱 고향을 생각나게 한 날

화가를 만나다

주소도 이름도 생소한
등기 우편 한 통
긴장과 설렘
조심스레 여는 순간
진홍빛 맨드라미 활짝 웃고 있는
그림 한 점과 긴 편지
숨결이 후끈 가슴이 뛴다

시를 사랑하고 그림을 창작한다는
어느 화가가 보내온
내 고향 장독대 옆에 피던
낯익은 얼굴

지난해 끝자락
긴 산고 끝에 태어난 첫 시집
그 눈에 이끌려 가서
감동을 받았다는 독자가 찾아온 거다

오그라든 치마폭

내 몸에 좀도둑 들어
갉아먹는 줄도 모르고
새끼 감싸는 게 우선인
부모란 이름

자식들 마음속 엄마는
늘 청춘인데

치마폭 오그라들어
감쌀 수 없으니
어찌할거나

아름다운 그곳에 가면

좁은 시골길 초입부터
코스모스 해맑은 미소가 반기고
주렁주렁 감 대추 밤도
정겨움을 더해준다

눈은 깜짝 놀라
신비의 세계에 빠진다

넓은 잔디와 어깨동무하고 온갖 들꽃들
청춘을 자랑하는 다져진 소나무의 몸매
장인의 손길로 빚은 아기자기한 조각들
자유롭게 뽑아대는 분수의 묘기
금계 은계 잉꼬 새들 화려하게 차려입고
사랑을 속삭이며 유혹한다

고운 마음씨가 빚은 진수성찬엔
혀가 깜짝 놀라
임금님의 수라상이 부럽지 않다

고요한 명상엔 고운 마음들이 번져
행복을 엮는다

목화꽃 엄마 냄새를 맡다

산비탈 따뱅이 밭에
목화꽃 활짝 피면
언니 시집갈 때 이불솜 모으려
고랑 고랑 누비던 엄마
뒤꽁무니 따라다니며
달래 따 먹던 엄마 꽃 여기서 반기네

지문 닳도록 빛바랜 세월
희미해져 간 얼굴 앞에
왈칵 그리움이 목을 메인다

여섯 손가락 보듬으며 사는 풍파 속에
당신의 이름을 얼마나 찾았던가
이제 그리움도 보고픔도 삭아 내리고
저녁노을이 지고 있다

마음 밭에 감사를 심다

아침 일찍 일어날 수 있다는 것이
감사하다

명상 강의를 들으러 나설 때
내 발이 되어주는 동행이 있어
눈물 나도록 고맙다

강의실에서 마음 통하는 사람과
숨을 쉴 수 있다는 것이
감사하고 행복하다

휴식 시간에 갈증을 해소시켜 주는
고운 손길이 있어
얼마나 살맛 나는 세상인가

명상은 투박한 마음 밭을
곱게 가꾸어
아름다운 꽃밭으로 만드는 것

연꽃 피는

오랜만에
숨통 확 뚫린 날
연못 초록 물이 가슴 씻어준다
그네에 앉아 바람을 불러 모으는데
진흙탕에서 버틴 연꽃 쏘옥 올라와
부러운 손길로 어루만져 준다

머리 위에 둥근달이 떴다
오늘이 보름이었구나
너를 보고 두 손 모아 빌었던
수많은 소원
달빛으로 지나간다

이제는 나를 위한 소원
내가 꼿꼿이 서야
가슴에 멍으로 남은
손가락 하나 세울 수 있지
달이 갈 길을 알려 준다

상당집

소박한 사람이 모이는 곳
엄마의 손맛이 활짝 피었다

아버지 위해
항아리 가득 담가놓은
텁텁한 곡주가 들어오고

튀는 아이들 위해
마음 다독였던 것들

식구 보신을 위해
사랑 달군 사각판이 들어와
눈시울 적시고

끓이고 달궈 삼일은 숙성시켜
향기를 돋궈 주던
청국장이 몸을 감싼다

밥상에 엄마가 내려와
지친 몸 달래준다

도수치료

내팽개쳤던 묵정밭에
봄볕 데려와
구석구석 쟁기로 갈고 닦는다
굳었던 땅이 서서히
풀리기 시작한다

벙어리 냉가슴 앓듯
왜 그 고통의 소리를
귀 막고 있었을까

포솔포솔 잘 일구어 놓은 밭에
제일 먼저 시꽃을 심으리라
아름다운 시꽃 피어나면
벌 나비 날아들어
목청껏 노래하고 춤추고
잔치를 벌이리라

말라가는 고목에서
비로소
졸졸졸 흐르는
시냇물 소리

첫사랑

아파트 샛길
꽃눈이 내렸다
사브작 사브작
조심스레 밟고 가는데
살바람이 벚꽃 잡고
심술부린다
허공을 가득 맴돌다 떨어지는 꽃잎
와~아
가슴으로 품는다

사브작 사브작
꽃눈 내린 길 걷는다
사그락사그락
함박눈 맞으며 함께 걷던
첫사랑 그 오빠
어디서 꽃잎 밟으며 걷고 있을까

사막

내 맘 속엔
사막 하나 자리 틀고 있다

옹달샘 나무 그늘은
어디에 있는지

가지 다 떨어져 나간
고목 하나
바삭바삭
타들어 가고 있다

감국

봄 여름 가고
늦은 가을 햇살 서리서리 감아
노오랗게 토해내는 그리움

송이송이
밤새 빗은 앙증맞은 꽃다발
가슴 가슴에 안겨 와
꽃 향에 취하고
사랑에 취하고

눈시울 촉촉 젖어들다

5선

조팝꽃

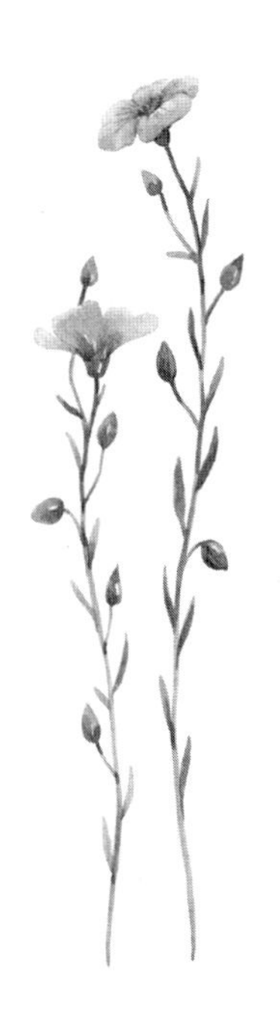

맥문동

출근하는 차들이
듬성듬성 빠진 사이로
바람 한 줌 머리 든다

오늘도
음식물 쓰레기를 보물인 양
열쇠로 열고 잠그고

정원에는
나무들이 그늘 만들어 고맙고
보랏빛 향기 가슴으로 스며들어
소녀적 낭만이 숨 쉰다

맥문동 앞 나무에서는
노래자랑 준비하는 매미가 입을 열고
나는 목청 돋워
직지 시 낭송을 한다

조팝꽃 1

베란다 발코니가
밤새 쏟아낸 눈물로 흠뻑 젖었네

사무치도록 그리운 사람아
사랑을 두고 영원히 떠나던 날
세상은 온통 조팝꽃으로 뒤덮여
땅은 꺼지고
하늘은 무너져 내렸지

이제
그대가 남기고 간 씨앗 한 톨
외로움 그리움 병에
잠시
비틀거리긴 했지만
다시
튼튼하게 잘도 커 준다네

어제는 그대 기일
씨앗 한 톨 쑤욱 자라
술 한 잔 올리는 대견함에
어떠한 비바람 눈보라가 몰아쳐도
굳건히 세상 파도 헤쳐 나가
튼실한 열매 맺길 간절히 손 모았지

조팝꽃 2

피우지 못해
아쉬움으로 남은 눈꽃
가지가지마다
흐드러지게 피었네

겨울에 못다 피운 사랑
봄이 피워 올려
눈부시도록 하얀 세상

봄볕에 녹기 전
가슴에 꼬옥 품어 줄 거야

이별 준비

대화꽃도 웃음꽃도 말라버린
앙상한 나뭇가지 끝에서
부부가 이별 연습을 한다

아내는 안방에
남편은 건넌방에
자유를 누리는 마지막 배려다

제시간에 기척 없을 때
가슴이 덜컥하여 확인하는 사이

마음먹고 식탁에 풍성하게 차려 마주했을 때
맛나게 먹으면서도
다음엔 두어 가지만 하라는 사이

티비가 혼자 떠들다 미안한지
대화를 물려준다
그것도 몇 마디

치열하게 나부대던 무성한 나무로
다시 서고 싶다

삶에 지친 취객

변두리 공터 낡은 의자에
삶에 지친 취객
긴 꿈의 환각에 빠져있다
옆에는 검은 비닐봉지와 빈 소주병이
오누이처럼 앉아 있고
흩어져 가는 바람이
낙엽 잡고 허공을 돈다

한때는 부풀었던 꿈 세상의 눈에
힘이 부쳤으리라
어쩜 토끼 같은 자식과 예쁜 아내가
기다리고 있을지도 모른다

교회 탑의 붉은 십자가가
근심 어린 눈빛으로
보초를 서고 있다

신성리 갈대밭

가을 가기 전
당신 찾아가는 길
부슬부슬 비 내린다

여기저기 눈길 주다 보니
시야는 점점 흐려지고
칠흑 같은 어둠
간신히 집 앞 당도했다

불은 이미 꺼져 있고
개 한 마리 짖지 않는 적막
곤한 잠 깨울 수 없어
대문 앞 서성거리다가
아쉬운 발길 돌렸다

좀 더 일찍 찾아오지
찬바람이 뒤통수를 내리친다

얼음 폭포

입춘을 코앞에 두고
호젓한 가로수 길 달리다 보면
된바람 베어 문 가로수에
포롯포롯 봄이 걸려 오고 있다

모퉁이 돌고 도는 산허리엔
수직으로 멈춰 선 폭포
고드름 주렁주렁 매달고 참선 중
훌쩍훌쩍 울고 있다

밀고 당기고 버티면
이내 봄 햇살 찾아들어
시원스레 가슴 뚫어 준다지만
내 모습은 어디로 갈지
그게 서러워 흘리는 눈물
똑똑 방울지는 멍울

황혼의 놀이터

남편은 새 나라의 어린이
이른 아침인데 보이지 않는다

잠시 후
오이 가지 부추 고추를
거실 바닥에 진열해 놓고
싱글벙글

오이 두 그루에서 매일
서너덧 개가 집으로 찾아든다
아가 볼 같이 야들야들 아삭아삭
이처럼 맛난 오이는 처음 먹어 본다고
오이 농사 하나는 끝내준다고
엄지 치켜 주면
남편의 얼굴은 보름달로 뜬다

오늘 아침 밥상엔
오이 부추 양파가 버무려진
얼얼한 겉절이와
강된장에 찍어 먹는 아삭고추도 인기고
갓 따온 청양고추 송송 썰어 넣고
칼칼한 된장찌개 온 집안 날아다닌다

혼자이고 싶을 때가 있다

어둠이 설핏설핏 노을을
잠재울 때
뒤 베란다 방충망에
왕매미 한 마리 착 붙어서
꼼짝 안 한다

그토록 악을 쓰며 살아온 삶
힘도 빠졌겠지
조용히 혼자 쉬고 싶을 거야

해가 중천에 떴는데도
꼼짝 않고 갈 생각 않는다

죽었나 살았나
남편이 건드리려 한다
조용히 더 쉬게 하자고 언쟁하다가
끝내 고집불통인 남편
어디론가 훌쩍 날아간다

혼자이고 싶다
나도
혼자이고 싶을 때 간절하지만
달려드는 바람이 쉼 없다

포대기

웃음꽃 한 바구니 피우는
손주를 업고 뒤뜰로 나왔다

젊은 엄마
아가를 앞에다 매달고
지나간다
아기가 엄마 가슴만 빤히 쳐다본다

등 뒤에 손자 두리번두리번
탐스럽게 달린 감도 신기하고
노란 국화꽃도 만지고 싶고
나비 되어 날아가는 낙엽도 잡고 싶고
곱게 물든 가을 속으로
물들어 가고 있다

별이 지다
-동생을 저세상으로 보내고

불쌍해 불쌍해 불쌍해
미안해 미안해 미안하다
이건 아니잖아 아니잖아
이 말밖에 생각이 안 난다

홀로
얼마나 힘들었으면
죽음을 불렀을까

내 코가 석 자라고
내 새끼 챙기다 보니
눈길 자주 못 주어
이제서
숨통 틔어 보듬으러
새벽길 달려갔는데
조금만 기다리지
하늘이 무너지고
땅이 꺼지는 이 날벼락을
어찌할거나

가끔 이 아프다 소리 들어
가기 싫어하는 치과
같이 가려 새벽길 달려갔는데
한 줌 재로 널 보내다니
하늘도 울고 땅도 울도
망초꽃 달맞이꽃도
눈물 범벅되어
불쌍해서 불쌍해서 어쩌지
대성통곡을 한다

40년 지기 친구

큰딸 고3일 때 절에서 만나 친구
산 부처라 부른다
부처님은 아픔과 고통 속 찾아가면
무언의 용기를 주시며 빙그레 웃고 계시지만
부처님 대변인을 자처하는 친구는
현명하게 앞길을 열어준다

한밤중에라도
해결 못하고 몸부림칠 때도
언제나
토닥여 빛을 주는 친구
나에겐 큰 자산이다

코로나가 절의 발길을 잡은 채
카톡방에 카톡카톡 하다가
창작기금 받았다는 기쁜 소식에
축하해 준다고 만난 자리
밭에서 얻은 엄마표 소고기와
지푸라기로 엮은 둥지에서 꺼낸 영양제와
바다에서 갓 올라온 힘이 합쳐 보신을 하고

산책로를 한없이 걸었다
산수유 목련 개나리도 신이 나서 동행한다
커피향에 묶인 하루해가 너무 짧다

손자와 단풍잎

두 돌을 코앞에 둔 손자
할머니 손 잡고 잘도 걷는다

하나 둘 셋 넷……
셈 공부 신난다
지나가는 사람들 함박웃음 날리고
나뭇가지에 새들도
재잘재잘 셈 공부

단풍나무 아래 의자에
낙엽 한 잎 쉬고 있다가
손주 손 잡고 반갑게 인사한다

손주와 단풍잎과
손잡고 집으로 오는 길
할머니는 소녀가 되어
행복하다

엄마와 딸 1

대둔산을 가슴에 안으니
초록 물이 퐁퐁
가슴에 쌓인 노폐물
말끔히 씻어 내린다

오랜만에 딸과 눈길 주고받으며
커피 향에 추억을 불러 세운다

그랬었지
남아선호사상이 극에 닿을 때
딸만 낳아 숨죽여 살던 지난날
딸 많이 낳으면 비행기 탄다는 말을
실천해 준 딸
엄마의 어깨에 날개 달아
세계를 날고 기를 세워줬던 딸과
이야기꽃 피우며 단풍처럼 익어간다

시가 조용히 내려앉아
토닥여 주는 행복한 날
고통과 기쁨은 반비례한다는 것
하루해가 저물어 간다

엄마와 딸 2

기행시

나트랑 휴양지
17층 발코니에서
잠을 멀리 보내고 있다

바다는 어둠을 끌어안고
곤히 잠들었고
멀리 부둣가
노란 불빛 파란 불빛이 유난하다

머리 풀어 헤친 야자수는
가물가물 졸고
아스팔트 위
빨간 점들과 노란 점들이 어우러져
쏜살같이 달아난다

자주 보지 못했던 딸과
나란히 앉아
이국의 밤을 즐기고 있다
이게 바로 행복인 거지
힘들게 살아온
내 삶이 활짝 웃고 있다

자연 수족관

기행시

수많은 섬을 품고 있는 바다
리조트 곱게 차려 놓고
손님 모셔가기 치열하다
옥빛 남빛 청록빛 수심에 따라 변하는
물빛 묘기 환상이다

바쁜 일상 잠시 접고
큰 숨 몰아쉴 수 있는 곳
아름다운 산호와
화려한 색깔의 물고기가 만든
거대한 자연 수족관
사람과 물고기 어우러져 펼치는
지상의 낙원 몰디브

오늘도 바다는
수많은 자식 먹여 살리려
스피드보트 띄워놓고
각양각색 인종을 기다리는
삶의 터전이다

우주는 내 손안에

기행시

마사이마라 국립보호구로 가기 위해
처음 타보는 경비행기
광활한 초원 위
온 우주를 마음껏 바라볼 수 있는
이 통쾌함, 가슴 후련하다

숙소로 정한 "올로나니" 호텔
두 젊은 남녀 마중 나와
시원한 주스 목축여주고
아름다운 선율의 퉁소 소리 들으며
숲속으로 빨려든다

숲으로 둘러싸인 텐트식 방
하얀 망사 모기장이 침대 두 개를 감싸고
노란 갓 쓴 두 개의 스탠드 정겹고
흰 불빛에 화병의 초록 화초
눈부시다
두 모녀는 숲속의 공주가 되어
서로 마주 보며 이야기꽃 피워낸다

텐트 앞으로 흐르는 마라강에서는
꾸우욱 꾸욱 하마 울음소리 정적을 깨뜨리고

발문

사랑으로
내일을 연다

증재록(한국문인협회 홍보위원)

발문(跋文)

다선 홍춘녀 시인의 시 세계

사랑으로 내일을 연다

-봄에 태어난 여자

증재록(한국문인협회 홍보위원)

1. 새로운 시선으로 바라본다

봄이다. 가볍고 부드러운 목깃을 스치면서 사부작사부작 걸음걸이가 부드럽다. 새들은 봄을 즐기고 시냇물은 속삭이며 흐른다. 너도나도 발걸음이 부드럽다. 하늘에 흰 구름은 살며시 늘어져 웃고 새싹은 아늑한 탄생의 노래로 춤을 춘다.

다선, 다 일어서서 맞고 선한 눈으로 착한 마음으로 바라보고 바르게 품으라는 뜻의 다선 홍춘녀 시인의 春, 보고 또 보는 봄이다. 사물이 따뜻하게 보인다. 빛도 볕도 물결도 물살도 새롭게 보인다. 모두가 불꽃 일구는 싹이다. 불의 싹은 겨울을 보내면서 봉오리를 맺고 따스해져, 보이는 것마다 새로운 시선으로 바라보게 된다. 봄은 만물이 생동한다는 그 말에서 움직이고 살아나는 생명의 약동을 본다. 이제 뛰고 움직이는 봄에 겨우내 안방에서 새롭게 뻗을 대로 뻗은 뿌리에 싹을 티워 올리고 꽃봉을 맺어 꽃까지 활짝 피운다. 시를 쓰는 마음결은 始作이 詩作을 부른다. 높새바람 따라 술렁이는 발을 모아 마음 내려놓는 무심천 둘레길을 걸으며 이런저런 봄의 싹에서 숨의 소리를 듣고 시심을 달군다. 가끔 황사나 미세먼지가 달려들기도 하지만 오늘의 희로애락을 담아 시를 구상한다.

봄은 보이는 사물마다 밝고 긍정적인 들에 불을 켠다. 겨울이 가고 봄날이 왔다는 것은 행복한 날을 시작한다는 비유다. 행복, 기쁨과 만족함으로 흐뭇하다. 그 속에서 갖는 자유와 평화까지, 살펴보면 괴로움이 있어야 즐거움이 있고 불행이 있어야 행복을 느낀다고 그 소절 소절 굽이 굽이를 맞고 보내면서 순간의 기쁨을 느낀다, 다선 홍춘녀 시인의 두 번째 시집, 순수한 새싹 『봄에 태어난 여자』를 꼭 안는다.

2. 길을 밝힌다

온갖 사물을 바라보며 안정되는 마음은 흐트러지지 않고 위와 아래 왼쪽과 오른쪽이 함께 기뻐하고 함께 슬퍼하며 시를 쓰는 기쁨 속에서 자비가 순간순간 탄생한다. 계절 중에서 탄생을 뜻하는 봄에는 삶의 소중한 사랑을 터득하며 시를 쓰고 있다. 나이가 들면서 느끼는 청춘은

곧 봄이기 때문이다. 봄은 고난 끝에 찾아온 좋은 시절을 비유하고 꿈을 뜻하며 이루고자 하는 기원이 담겨있다.

딸 손에 이끌려
백화점 안으로 들어선다
온통 봄을 다 모아놓고 팔고 있다
봄꽃이 활짝 피어 눈부시다
어쩐지 내 모습이 초라하게 보여 주눅이 든다

"엄마 이거 이쁘지, 엄마에게 잘 어울리겠다"
점원과 딸이 합작해서 다 져가는 꽃대에
수채화로 봄꽃을 그려 넣기에 분주하다

드디어 긴 시간에 작품 하나 완성했다
머리에서 발 끝까지 곱게 그려낸 한 폭의 수채화
거금으로 산 수채화 한 점이 부담스럽다

-「곱게 그려진 수채화 한 점」 전문

봄은 보이지 않는 시간을 다가오게 하는 발길을 헤아린다. 햇볕과 비와 바람에 따라 돋아나는 새싹에 주름이 묻히는 서글픔도 애써 기쁨으로 다듬고 꽃을 피우기 위하여 웃음을 짓는 촉촉한 말 속에서 부담을 느끼는 시심도 본다, 자꾸 돌아봄은 내다보이는 눈길을 주눅 들게 한다는 사물에 대한 인식도 허무와 변화 속에서 흔들리고 있다. 봄은 한창 꽃을 피우고 있는데 꽃이 지면 어떻게 하지라는 불확실한 내일의 허무를 다시금 새겨보게 한다.

깊고 좁은 산 계곡
뚝뚝 떨어지는 발치 물이 초록이다
포말에 뛰어오른 발소리가
지친 어깨 다독여
가슴 후련히 뚫어 주며 흩날린다

어디선가 날아든 꽃향기
산그늘에 살며시 숨어있는 산 목련
순간
목화송이 따던 엄마의 얼굴이
뽀얗게 피어오른다

언니 시집갈 때 이불 해준다고
고랑 고랑 누비며 목화 따시던 어머니
뒤 꽁지 따라다니며 달래 따 먹던 나

주렁주렁 늘어진 슬픔이
엄마의 약손 안에서 벌떼처럼 몰려나와

그리움으로 핀 산 목련에 앉는다

-「너를 처음 만나던 날」 전문

엄마는 목화였다. 신비로운 연분홍에서 순결의 하얀 목화송이로 꽃을 피울 때까지 목화는 따뜻하다. 솜으로 하얗게 온몸을 감싸서 삭막한 세상을 헤쳐 나가도록 품어주는 목화꽃은 지지 않는 엄마의 사랑이다. 외롭고 고단한 산중의 목련에서 엄마의 삶을 더듬어보는 목화송이로 환치한 시향은 그윽하다. 목화솜을 잊어가는 만큼 효심도 사라져가고 있는 현실에서 고랑고랑마다 딸을 위해 사랑을 심어주던 엄마가 문득 그리워진다.

아파트 샛길에
눈처럼 날리는 낙엽이 수북 쌓인다
수채화로 물들여진 화선지 위를
밟기조차 조심스럽다

35년 전
큰딸이 손톱으로 피워 올려
명문 미대에 들어갔을 때처럼
너희 모습이 자랑스럽다

손끝 패도록 그려댔던
그 인내처럼
아픔과 고통 잘 참아내고
곱게 마무리하는 낙엽에서
희망의 소리 듣는다

나도 그렇게 물들다가
자식들에게
희망 하나 심어주고 싶다

-「생애」 전문

살아가는 동안 그 평생이란 어디까지인가? 삶은 유한한가? 무한한가? 가보지 않은 길을 쉼 없이 가고 있는 거, 희망은 언제나 내일에 걸려있고 오늘은 늘 부족했다. 낙엽은 다시 아픔과 고통을 참아내며 수채화로 파릇파릇 살아나고 그래서 희망은 오늘을 열심히 살게 한다. 결국 윤회라는 죽어도 다시 태어난다는 생의 반복인 불교 사상 앞에서 오늘을 착한 일상으로 살아야 참다운 행복과 평화가 온다는 내세사상에 이른다.

봄 여름 가고
늦은 가을 햇살 서리서리 감아

노오랗게 토해내는 그리움

송이송이
밤새 빗은 앙증맞은 꽃다발
가슴 가슴에 안겨 와
꽃 향에 취하고
사랑에 취하고

눈시울 촉촉 젖어들다

-「감국」 전문

여름 내내 만남이었으리, 사이사이를 촉촉하게 적시며 맺은 열매에서 그리움을 본다. 그리움이란 지난 추억을 서리서리 감고 되풀이되는 생성과 소멸을 더듬게 한다. 그리움에 취한다는 지난날의 아름다웠던 날을 피워 올린 꽃송이에서 존재의 괴로움을 만나는 것이다. 한 송이 한 송이를 다발로 엮어 안고 수다에도 눈부시게 흔들던 눈물꽃이었다. 끈질기게 속을 잡고 있는 낮은 향내가 촉촉하다.

베란다 발코니가
밤새 쏟아낸 눈물로 흠뻑 젖었네

사무치도록 그리운 사람아
사랑을 두고 영원히 떠나던 날
세상은 온통 조팝꽃으로 뒤덮여
땅은 꺼지고
하늘은 무너져내렸지

이제
그대가 남기고 간 씨앗 한 톨
외로움 그리움 병에
잠시
비틀거리긴 했지만
다시
튼튼하게 잘도 커 준다네

어제는 그대 기일
씨앗 한 톨 쑤욱 자라
술 한 잔 올리는 대견함에
어떠한 비바람 눈보라가 몰아쳐도
굳건히 세상 파도 헤쳐 나가
튼실한 열매 맺길 간절히 손 모았지

-「조팝꽃 1」 전문

조팝꽃은 한이 서린꽃이다. 태생부터 자갈밭 아니면 산비탈이지만 그래도 끈질기게 잘도 자라 순결의 꽃을 하얗게 피우고 송이송이 뿌린다. 삶이란 이렇게 지나는 거라며 교시를 주는 듯하다. 지면 다시 피어나는 꽃에서 떠나가면 오지 않는 꽃송이를 기다린다. 오직 남겨놓은 꽃눈 하나 탐스럽게 피어나서 함빡 웃어주길 기다린다. 다시는 지지 않고 맺을 열매까지 조팝꽃의 꽃말처럼 참된 사랑으로 미래를 향한 희망의 길이 펼쳐지길 손 모은다.

3. 마음에 꽃을 피우며

순간순간이 기쁘다. 순식간 순식간이 아프다. 모아 모아 행복하다. 기쁘고 아프고 그 사이 그건 맞물려 있는 길, 스쳐 지나가는 바람 그 찰나 숨을 놓고 숨을 거둔다.

무심의 강 깊이에는 참된 진심이 유유하게 흐른다. 해넘이에서 해오름까지 착하고 악하고 아름답고 추하고 크고 작은 일상의 분별이 둑을 넘어 귀를 울리는 자리, 봄의 시인, 꽃이 피면 여기저기서 눈길이 모여든다. 다선 홍춘녀 시인은 시낭송가로 자작시는 물론 이름난 시도 구구절절 외워서 낭송을 한다. 시를 만난 것이 최고의 즐거움이고 행복하다고 하는 시인은 천상 여린 서정시인이다. 이미 나잇수로는 할미꽃을 연상하지만 시인의 활동은 동서남북으로 잠시도 쉴 새 없이 부지런하다. 바라만 봐도 울렁이는 처녀의 가슴을 가지고 화려한 사랑을 매일 만난다. 일상을 꽃단장 하나로 운율과 회화로 깊은 의미를 넣어 펼치는 시, 시심은 언제나 편안하다. 봄은 꽃이 피고 새싹이 돋으며 따뜻해져 행복하고 긍정적인 표현으로 시심을 비유한다. 방향은 늘 아득하지만 발길은 언제나 아늑하다.

봄비가 내려 곡식을 기름지게 하듯 시심이 펼쳐 마음을 여유롭게 한다. 시정을 펼치고 시심을 펴볼 만한 계절이다. 봄의 시는 향기가 나기 때문에, 한껏 마음이 꽃으로 피어나는 것을 느낀다. 매일 거니는 무심천 둘레길은 앞을 내다보는 혜안을 준다. 지식과 마음을 훌쩍 열게 하는 지혜를 펼쳐 준다. 때에 따라 마주치는 빛 그림자 어둠 그리고 흐르며 떠나고 만나는 사물을 통해서 마음을 열고 닫고 일깨운다. 대상마다 깨우침을 주는 시심으로 움직인다. 매일이 미지로 다가서지만 시심에 신명을 다 바쳐 별을 따라 종자를 뿌린다. 사물에는 기쁨과 고통의 양면성이 있다며 아픔에도 흐트러지지 않는 사랑으로 욕심을 내지 않는 시인이다.

봄에 태어난 여자

홍춘녀 지음

발행처 도서출판 청어
발행인 이영철
영업 이동호
홍보 천성래
기획 남기환
편집 방세화
디자인 이수빈 | 김영은
제작이사 공병한
인쇄 두리터

등록 1999년 5월 3일
(제321-3210000251001999000063호)

1판 1쇄 발행 2023년 5월 20일

주소 서울특별시 서초구 남부순환로 364길 8-15 동일빌딩 2층
대표전화 02-586-0477
팩시밀리 0303-0942-0478
홈페이지 www.chungeobook.com
E-mail ppi20@hanmail.net

ISBN 979-11-6855-147-3(03810)

이 책은 충청북도 충북문화재단의 후원으로 2023 예술창작활동 지원사업 공모전 선정으로 지원받아 발간되었음.